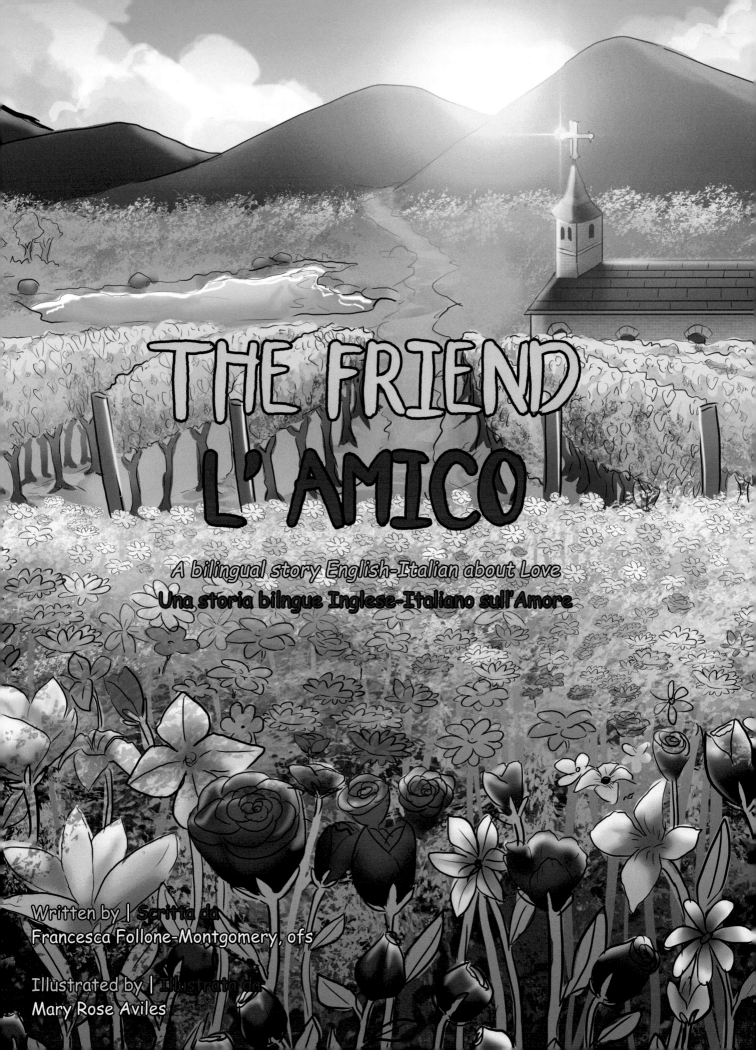

THE FRIEND
L'AMICO

A bilingual story English-Italian about Love
Una storia bilngue Inglese-Italiano sull'Amore

Written by | Scritta da
Francesca Follone-Montgomery, ofs

Illustrated by | Illustrata da
Mary Rose Aviles

Scripture quotations marked NIV are taken from the Holy Bible,
New International Version®. NIV®. Copyright © 1973, 1978, 1984
by International Bible Society. Used by permission of Zondervan. All
rights reserved. [Biblica]

To order additional copies of this book, contact:
Xlibris
844-714-8691
www.Xlibris.com
Orders@Xlibris.com

ISBN: Softcover   978-1-6698-6632-9
        EBook   978-1-6698-6633-6

Print information available on the last page

Rev. date: 03/09/2023

THE FRIEND

A bilingual story English-Italian about Love

Written By
Francesca Follone-Montgomery, ofs

Illustrated by
Mary Rose Aviles

This book is dedicated to my wonderful sisters, who have been and still are my greatest friends, and with whom I grew up learning how to share God's love with others.

...and since "the greatest of these is Love." (1 Corinthians 13:13), this story is also dedicated to my sisters' families, to my husband and our son, to our godchildren and their parents, as well as to our cousins and all our relatives and friends with all their loved ones, wishing them all to always feel loved and to have evidence of God's love in their lives.

L' AMICO

Una storia bilngue Inglese-Italiano sull'Amore

Scritta da
Francesca Follone-Montgomery, ofs

Illustrata da
Mary Rose Aviles

Questo libro è dedicato alle mie meravigliose sorelle, che sono state e sono le mie più grandi amiche, e con cui sono cresciuta imparando a condividere l'Amore di Dio con gli altri.

...e siccome "la più grande di queste è l'Amore." (1 Lettera ai Corinzi 13:13), questa storia è anche dedicata alle famiglie delle mie sorelle, a mio marito e a nostro figlio, ai nostri figliocci e ai loro genitori, così come ai nostri cugini e tutti i parenti e amici con i loro cari, augurando a tutti che possano sempre sentirsi amati ed avere evidenza dell'Amore di Dio nelle loro vite.

A note from the author

Dear reader,

thank you for choosing my book. This story is part of my collection that I like to call: *The magic pillowcase*, which I created for my son when he was little as part of his bedtime routine. I would reach into his pillowcase and pretend to pull out a new story that I would make up on the spot. The message of this story is to remind us that God loves us all unconditionally and through Christ and the presence of His Holy Spirit, he cares for us in every step of our lives. In addition, I would like that this story could also remind us that we are all called to be a friend to others as Christ is. Sometimes maybe we might do it with some grand gestures, most times maybe with small acts of kindness to others, but often we can simply share a smile to tickle God's love in someone's heart. Therefore, I wish for all of us to never lose the faith nor the hope to confide in the Holy Spirit's guidance so that along our journey, we may always be ready to joyfully answer such a call to love as He did.

Una nota dall'autore

Caro lettore,

grazie per aver scelto il mio libro. Questa breve storia è parte della mia collezione che amo chiamare *La federa magica*, e che ho creato per mio figlio durante i primi anni della sua vita come routine serale. Alla sua ora di andare a dormire allungavo la mano nella sua federa e facevo finta di tirar fuori una storia che poi inventavo lì per lì. Il messaggio di questa storia è di ricordarci che Dio ci ama tutti senza condizioni e che attraverso Cristo e la presenza del Suo Spirito Santo, ha cura di noi in ogni passo della nostra vita. Inoltre, mi auguro che questa storia possa anche ricordarci che siamo tutti chiamati ad essere l'amico per gli altri come lo è Cristo. Qualche volta forse possiamo farlo con grandi gesti e molte altre volte con piccoli atti di gentilezza verso gli altri, ma spesso possiamo semplicemente condividere un sorriso per solleticare l'Amore di Dio nel cuore di qualcuno. Il mio augurio per tutti noi è dunque di non perdere mai la fede o la speranza di confidare nella guida dello Spirito Santo così che possiamo lungo il nostro cammino, essere sempre pronti a rispondere con gioia a questa chiamata ad amare come ha amato Lui.

Special Thanks

My deepest gratitude goes to God for His love that He shows me daily also through the people He puts into my life: those I know, those I don't know but encounter with a smile or an act of kindness, those I used to know, including the ones who now know Him in Heaven, including Saint John Paul II, whom I had the privilege to meet in 1998. Though the list of all these people would be very long, I want to thank at least some: my grandparents, parents and godparents, my sisters with my brother-in-law and Franco, my husband with his mom and his aunt, my son, my nieces and nephews, my godchildren, my cousins, my uncles and aunts, "zio" Giovanni and "zia" Elvira with my "cousins", my relatives all over the world, Marzia with her sister, her parents and grandparents, Maria, Cristina and Elena with their families, my Secular Franciscan Order fraternity, my neighbors, my Italian friends with their families: Alessio and Rebecca, Filippo, Dalia, Claudio, Elettra, Giulio, Silvia, Nerina, Lorenzo, Luca, Lapo, Duccio, Matteo and Francesca with the staff from the Gelateria Alpina, Giorgio, Riccardo, Nencio, Chiara, Maria and Luigi, Gabriella and Steve with Lapo, p. Benedetto and p. Silvano, Sofia V. and Susanna, Giuseppe M. and our college buddies, Valentina and Daniele and our high school friends, Valerio, Corinna, Piera and Roberto, Mario and Asmara with Elena, Gianni and Olga, Roberto and Silvana, Ettore, Domenico and Giovanna, Stefania and Gaspare with Gabriella and Monica, Marisa and Carlo, Emilia and Franco with Sara and Marilù, Carmelina and Giuseppe with Paolo, Pina and Marcello, Laura and Cesare. I want to thank my English teachers, my school and college professors, my dance, music, drama, voice and creative writing instructors, Mauro Becattini and the theatrical company Tesirò, my driving instructor, my internships supervisors, my colleagues, all my students, my American friends and their families: "zia" Jan and "zia" Pam, Alan and Catherine, Karen and Jens, Mike and Katie, Mike and Carolyn, David and Michelle, Mark and Kim, Tony and Sue, Gary and Nancy, Paul and Lynn, Vonnie and Jack with Tricia and her family, but also to Elodie with her parents in France and to all the people I met during my trips in Africa, America and Europe. Special thanks go to some other fantastic people who have made me feel God's love: prof. Marcello De Angelis, Ann Colonomus, Sandy La Porta, Phyllis Dolgin, Irving Joseph, Mokhtar and Elaine Mokhtefi, Rita Moreno and her husband Leonard Gordon, Carol Mayo Jenkins, Pat Boone, Giorgio Chiellini, Yanti Spooner, Teresa Di Candia, Gina Pagliuca with her family, to Robin and Margaret with a tribute to Ms. Emily, to Rich and Cindy, John and Cindi, Don Firmani, Mary Manila, Julie and Matthew, to my clients and to my former coworkers at the bookstore The Paraclete, Angel and Bill Brewer, Paul Simoneau, Mary Weaver, MaryJo Marino, Dorothy, Kelly and Chris with Bella and Brody, Chuck and Jen, Leann and Jim, Laura and Bob, Fatima, Carolyn and the Judge, Ben and Mary Ellen, Dr. and Mrs. Muse, Dot and Michael, Kathy and Larry, Robert and Marlene with the WBBL coaches, Monsiuer Jean-Pierre Granju from the FLA, Mr. Derbyshire and all members of the SJN community among which Kecia, Kristi, Kathleen, Yvonne and John with their family, Phyllis and Glenn, Karen, Susan, Noel, Anita and Mike, Lenore and John, Toni and Steve with Chris, Susan H., Peter, Greg and Linda; the All Saints choir and parish members and their families: Vicki and Bill, Cy and Carol, Philomena and Werner, John and Susan, George and MaryJane, Jere and Frank, Judy and Bill, Charles and Katie, Jim and Mary Jean, Mary Ellen, Dan and Nora, Connie and Jim, Mitch and Denise with her parents, Glenda and Scott, Michael, Scotty, Josh, Tom, Greg, Stan, Sandy and John, Mary K. and Michael, B.E. and Al, Jeanne and Tony, Lisa and Greg, Barbara and Mike, Jean, Carmela, Paige, Miriam, Kim and Rocky, Brandon and Chiara, Melissa, Kristen, Andrew, Jenny, Anne, Susan Tribble with all the women ministry groups, Mr. and Mrs. Kimutis, Debbie and Duane Donahoo, Pat and Dr. Phil Schaefer, Dave and Barbara, Rachelle and Paul, Pete G., Susan, Marlie, Susan and David, Ray and Anita, Gene and Ruth with Giannine, Marilyn, Ms. Sue, Jerry and Maureen, Tony and Lynn, Louise, Rosanna, and to all the Italian-Americans I know. Sincere thanks go to Fr. Denis Donahue, Fr. Paul Scalia, Fr. Michael, Fr. Doug, Fr. Jorge, Fr. Alex, Fr. Pontian, Fr. John Arthur, Monsignor Mankel, Fr. Joe, Fr. David C. and deacons Bob, Dave, Greg, Pat, Robert, Tim, the religious sisters Angela, Elizabeth, Maureen and Restituta, to Mike and Melanie Wrinkle and deacon Scott for the great Christian examples they give with their ministries, and to the communities in all the places I lived. In addition, heartfelt thanks go to Cheryl, Justin, Jessica and Sara at the P4 physical therapy to MaryAnne, David and their staff at the Nutritional Wellness group, to the Ottica Spizzone family and staff, and all doctors and their medical teams whom I had the opportunity to meet: Dr. Anderson, Dr. Bruchalski, Dr. Carson, Dr. Cross, Dr. Delaney, Dr. Ellenburg, Dr. Fisk, Dr. Glover, Dr. Harville, Dr. Hume, Dr. Jackson, Dr. Lauria, Dr. McMichael, Dr. Perry, Dr. Pollack, Dr, Pienkowski, Dr. Smeltzer, Dr. Vick, Dr. Vinson, Dr. Williams and Dr. Wood. Lastly, to those of you whose name might not appear here, please know that there is gratitude in my heart for you too! To all a sincere thank you for tickling my heart with God's love! I wish you and your families the grace to always feel His love in your hearts and His presence in your lives.

Ringraziamenti speciali

La mia profonda gratitudine va a Dio per il Suo amore che mi dà ogni giorno anche attraverso le persone che mette nella mia vita: quelle che conosco, quelle che non conosco ma che incontro in un sorriso o in un atto di gentilezza, quelle che conoscevo, comprese coloro che adesso conoscono Lui in Paradiso tra cui San Giovanni Paolo II, che ho avuto il privilegio di incontrare nel 1998. Sebbene la lista di tutte queste persone sia molto lunga, vorrei ringraziarne almeno alcune: i miei nonni, i miei genitori, i miei padrini, le mie sorelle con mio cognato e Franco, mio marito con sua mamma e sua zia, mio figlio, i miei nipoti, i miei filgiocci, i miei cugini, i miei zii, "zio" Giovanni e "zia" Elvira con i miei "cugini", i miei parenti in tutto il mondo, Marzia con sua sorella, i suoi genitori e i suoi nonni, Maria, Cristina e Elena con le loro famiglie, la mia fraternità nell'ordine secolare francescano, i miei vicini e i miei amici italiani con le loro famiglie: Alessio e Rebecca, Filippo, Dalia, Claudio, Elettra, Giulio, Silvia, Nerina, Lorenzo, Luca, Lapo, Duccio, Matteo e Francesca con il personale della Gelateria Alpina, Giorgio, Riccardo, Nencio, Chiara, Maria e Luigi, Gabriella e Steve con Lapo, p. Benedetto e p. Silvano, Sofia V. e Susanna, Giuseppe M. e i nostri compagni universitari, Valentina e Daniele e le amiche del liceo, Valerio, Corinna, Piera e Roberto, Mario e Asmara con Elena, Gianni e Olga, Roberto e Silvana, Ettore, Domenico e Giovanna, Stefania e Gaspare con Gabriella e Monica, Marisa e Carlo, Emilia e Franco con Sara e Marilù, Carmelina e Giuseppe con Paolo, Pina e Marcello, Laura e Cesare. Voglio ringraziare anche i miei insegnanti di inglese, i miei professori di scuola e di università, i miei insegnanti di danza, di musica, di canto, di teatro e di scrittura creativa, Mauro Becattini e la compagnia teatrale Tesirò, il mio istruttore di guida, i miei istruttori dei tirocini, i miei colleghi, tutti i miei studenti e i miei amici americani con le loro famiglie: "zia" Jan e "zia" Pam, Alan e Catherine, Karen e Jens, Mike e Katie, Mike e Carolyn, David e Michelle, Mark e Kim, Tony e Sue, Gary e Nancy, Paul e Lynn, Vonnie e Jack con Tricia e la sua famiglia, ma anche a Elodie con i suoi genitori in Francia e a tutte le persone che ho conosciuto nei miei viaggi in Africa, America ed Europa. Un grazie speciale va ad altre persone fantastiche che mi hanno fatto sentire l'amore di Dio: prof. Marcello De Angelis, Ann Colonomus, Sandy La Porta, Phyllis Dolgin, Irving Joseph, Mokhtar e Elaine Mokhtefi, Rita Moreno e suo marito Leonard Gordon, Carol Mayo Jenkins, Pat Boone, Giorgio Chiellini, Yanti Spooner, Teresa Di Candia, Gina Pagliuca con la sua famiglia, a Robin e Margaret con un tributo a Ms. Emily, Rich e Cindy, John e Cindi, Don Firmani, Mary Manila, Julie e Matthew, ai miei clienti e i miei colleghi di quando ero commessa alla libreria The Paraclete, Angel e Bill Brewer, Paul Simoneau, Mary Weaver, MaryJo Marino, Dorothy, Kelly e Chris con Bella e Brody, Chuck e Jen, Leann e Jim, Laura e Bob, Fatima, Carolyn e the Judge, Ben e Mary Ellen, Dr. e Mrs. Muse, Dot e Michael, Kathy e Larry, Robert e Marlene con gli allenatori di WBBL, Monsiuer Jean-Pierre Granju alla FLA, Mr. Derbyshire e i membri della comunità di SJN tra cui Kecia, Kristi, Kathleen, Yvonne e John con la loro famiglia, Phyllis e Glenn, Karen, Susan, Noel, Anita e Mike, Lenore e John, Toni e Steve con Chris, Susan H., Peter, Greg e Linda: ai membri del coro e ai parrocchiani di All Saints e le loro famiglie: Vicki e Bill, Cy and Carol, Philomena e Werner, John e Susan, George e MaryJane, Jere e Frank, Judy e Bill, Charles e Katie, Jim e Mary Jean, Mary Ellen, Dan e Nora, Connie e Jim, Mitch e Denise con i suoi genitori, Glenda e Scott, Michael, Scotty, Josh, Tom, Greg, Stan, Sandy e John, Mary K. e Michael, B.E. e Al, Jeanne e Tony, Lisa e Greg, Barbara e Mike, Jean, Carmela, Paige, Miriam, Kim e Rocky, Brandon e Chiara, Melissa, Kristen, Andrew, Jenny, Anne, Susan Tribble con i vari gruppi dei volontariati femminili, Mr. e Mrs. Kimutis, Debbie e Duane Donahoo, Pat e Dr. Phil Schaefer, Dave e Barbara, Rachelle and Paul, Pete G., Susan, Marlie, Susan e David, Ray e Anita, Gene e Ruth con Giannine, Marilyn, Ms. Sue, Jerry e Maureen, Tony e Lynn, Louise, Rosanna, e tutti gli altri Italo-Americani che conosco. Un sincero grazie a Fr. Denis Donahue, Fr. Paul Scalia, Fr. Michael, Fr. Doug, Fr. Jorge, Fr. Alex, Fr. Pontian, Fr. John Arthur, Monsignor Mankel, Fr. Joe, Fr. David C. e ai diaconi Bob, Dave, Greg, Pat, Robert, Tim, le suore Angela, Elizabeth, Maureen e Restituta, a Mike e Melanie Wrinkle e a diacono Scott per il grande esempio cristiano che danno con le loro missioni, e a tutti i membri delle comunità dei posti in cui ho vissuto. Inoltre un grazie di cuore va a Cheryl, Justin, Jessica e Sara al Gruppo di fisioterapia P4, a MaryAnne, David e il personale al gruppo Nutritional Wellness, alla famiglia e gli impiegati all'Ottica Spizzone e a tutti i dottori con il loro personale medico che ho avuto opportunità di conoscere: Dr. Anderson, Dr. Bruchalski, Dr. Carson, Dr. Cross, Dr. Delaney, Dr. Ellenburg, Dr. Fisk, Dr. Glover, Dr. Harville, Dr. Hume, Dr. Jackson, Dr. Lauria, Dr. McMichael, Dr. Perry, Dr. Pollack, Dr, Pienkowski, Dr. Smeltzer, Dr. Vick, Dr. Vinson, Dr. Williams e Dr. Wood. Infine, a coloro tra voi il cui nome non appare stampato qui, per favore sappiate che nel mio cuore c'è gratitudine anche per voi! A tutti un sincero grazie per aver solleticato il mio cuore con l'Amore di Dio! Auguro a voi e alle vostre famiglie la grazia di sentire sempre il Suo amore nei vostri cuori e la Sua presenza nelle vostre vite!

THE FRIEND

A bilingual story English-Italian about Love

"This is my commandment, that you love one another as I have loved you. No one has greater love than this, to lay down one's life for one's friends."

John 15: 12-13

L' AMICO

Una storia bilingue Inglese-Italiano sull'Amore

"Questo è il mio comandamento: che vi amiate gli uni gli altri, come io ho amato voi. Nessuno ha amore più grande che quello di dar la sua vita per i suoi amici."

Giovanni 15: 12-13

It was springtime and all around were sounds and colors of nature typical of this beautiful season. All trees and bushes were getting greener than ever, and flowers were starting to blossom, but in one large field of wildflowers was a little bud that was not yet in bloom. In this field there were many flowers of various types and lively colors on their petals. There were some red ones, some pink ones, some were yellow, others were orange, others purple or blue or even light green. However, this little bud seemed unable to bloom.

Era primavera e intorno c'erano tutti i suoni e i colori della natura tipici di questa bellissima stagione. Gli alberi e i cespugli stavano diventando sempre più verdi, e i fiori stavano cominciando a sbocciare, ma in un grande campo di fiori selvatici di ogni colore c'era un bocciolo che ancora non era in fiore. In questo campo c'erano tanti fiori di vario tipo e colore. Ce n'erano alcuni rossi, alcuni rosa, alcuni erano gialli, altri erano arancioni, altri viola o blu e perfino verde molto chiaro. Purtroppo però, questo bocciolo sembrava incapace di fiorire.

One day a red ladybug, searching for food, accidentally bumped into the little bud's stem. She looked up and said:

"Excuse me, I did not see you there."

"No worries - said the the little bud- nobody does."

The ladybug replied: "Nobody? I know God does."

The little bud asked surprised: "God?"

The ladybug started talking and crawling near one of the leaves on the little bud's stem and said:

"God loves us so much that He gave us His son, Jesus, to be our friend forever."

Un giorno una coccinella rossa, cercando del cibo, sbatté per caso contro lo stelo del bocciolo. Guardò verso l'alto e disse:

"Scusami non ti avevo visto lì."

"Non ti preoccupare -disse il bocciolo- nessuno mi vede."

La coccinella rispose: "Nessuno? Io so che Dio ti vede."

Il bocciolo chiese sorpreso: "Dio?"

La coccinella cominciò a parlare e ad arrampicarsi vicino a una delle foglie sullo stelo del bocciolo e disse:

"Dio ci ama tutti così tanto da darci il suo unico figlio, Gesù come nostro amico per sempre."

The little bud was curious and asked: "Even mine?"

The ladybug replied: "Sure! God loves you too, and He wants to be loved by you too."

The little bud asked: "How can I Love God? I don't know Him".

The ladybug said: "God is everywhere and in everyone. You just think of Him, talk to Him, and ask Jesus to help you talk to others too. When you do, God feels loved."

The little bud continued: "You mean, I can talk to Him like I talk to you?"

The ladybug replied with joy: "Yes, you can do that. God answers through Jesus with all His love."

Il bocciolo era curioso e chiese: "Perfino mio amico?"

La coccinella rispose: "Certo! Dio ama anche te e vuole essere amato anche da te."

Il bocciolo chiese: "Come posso amare Dio? Io non lo conosco."

La coccinella disse: "Dio è ovunque e in chiunque. Devi solo pensare a Lui, parlare a Lui e chiedere a Gesù di aiutarti a parlare con gli altri. Quando lo fai, Dio si sente amato."

Il bocciolo continuò: "Vuoi dire che posso parlare a Lui come parlo con te?"

La coccinella rispose con gioia: "Sì che puoi. Dio risponde attraverso Gesù con tutto il Suo amore."

"Are you saying that Jesus is God's love for all of us?" asked the little bud.

So, the ladybug answered: "Jesus loves us and brings us God's love. We are all important to God, so much that He gave His own son's life for each one of us."

The little bud was not sure about this and asked: "His life for me? I do not want Jesus to die! Then I would miss Him, I would miss my friend."

"Vuoi dire che Gesù è l'amore di Dio per tutti noi?" chiese il bocciolo.

Allora la coccinella rispose: "Gesù ci ama e ci porta l'amore di Dio. Siamo tutti importanti per Dio, così tanto che Lui ha dato la vita di Suo figlio per ciascuno di noi."

Il bocciolo era poco convinto di questo e chiese: "La Sua vita per me? Non voglio che Gesù muoia, mi mancherebbe, sentirei la mancanza del mio amico."

Then the ladybug crawled her way up to the top of the bud and tickled him with her little legs. The little bud laughed. Then, she said:

"That's the beauty of His friendship. It helps us feel God's love and gives us a way to share it with others when we are kind and helpful to one another. So, you can't miss Jesus because he is in our hearts and is our friend for life."

"He is in my heart too, and I just have to share His love with others, That's all?" asked the little bud.

Allora la coccinella si arrampicò fino al capo del bocciolo e gli fece il solletico con le sue gambine. Il bocciolo rise. Poi, lei disse:

"È la bellezza della Sua amicizia. Ci aiuta a sentire l'amore di Dio e ci dà modo di condividerlo con gli altri quando siamo gentili e di aiuto l'uno l'altro. Quindi non puoi sentire la mancanza di Gesù perché lui è nei nostri cuori ed è il nostro amico per la vita."

"È anche nel mio cuore e devo solo condividere il Suo amore con gli altri, tutto qui?" chiese il bocciolo.

The ladybug smiled and then continued: "Sometimes God sends us a friend, someone who reminds us of Jesus and of His love. Other times we can be a friend to others and remind them of Jesus and of His love for them. That's when God makes us feel His presence and helps us grow closer to Him."

The little bud felt happy, and his petals started to open a little.

The ladybug exclaimed: "Do you feel His loving power?"

"You mean God did this?" asked the little bud.

"Of course!" -said the ladybug- "He gives us life and helps us grow with His love."

La coccinella sorrise e poi continuò: "Qualche volta Dio ci manda un amico, qualcuno che ci ricorda Gesù e il Suo amore. Altre volte noi possiamo essere un amico per gli altri e ricordargli Gesù e il Suo amore per loro. È allora che Dio ci fa sentire la Sua presenza e ci aiuta a crescere più vicini a Lui."

Il bocciolo si sentì felice e i suoi petali cominciarono ad aprirsi un po'.

La coccinella esclamò: "Senti il Suo amorevole potere?"

"Vuoi dire che Dio ha fatto questo?" chiese il bocciolo.

"Naturalmente!" -disse la coccinella- "Lui ci dona la vita e ci fa crescere nel Suo Amore."

At this point, the little bud felt faith, hope and joy in his heart, and said:

"Thank you for bringing me His love with your friendship."

Then a few drops of water made the ladybug slide quickly down the stem almost to the ground. She hid under a leaf and said to the little bud:

"Thank you for giving me cover from the rain. You are a good friend too."

A questo punto il bocciolo provò fede, speranza e gioia nel suo cuore. Poi disse:

"Grazie per avermi portato il Suo amore con la tua amicizia."

Poi alcune gocce d'acqua fecero scivolare la coccinella giù per lo stelo quasi fino in terra. Lei si riparò sotto una foglia e disse al bocciolo:

"Grazie a te per darmi riparo dalla pioggia. Sei anche tu un buon amico."

Then the sun appeared again, and the little bud started to get bigger. Suddenly, its petals spread out open.

The ladybug started to fly around the little bud and said:

"Your petals are spread out. You are so beautiful!"

The little bud that at this point was blooming, said:

"Your wings are spread out. You can fly!"

The ladybug added:

"I know. I did not believe I could. See, now we both truly know the power of God's love!"

Poi il sole sbucò fuori di nuovo e il bocciolo cominciò a diventare più grande. All'improvviso i suoi petali si aprirono.

La coccinella cominciò a volare intorno al bocciolo e disse:

"I tuoi petali sono aperti. Tu sei bellissimo!"

Il bocciolo, che a questo punto stava fiorendo, disse:

"Le tue ali sono aperte. Tu puoi volare!"

La coccinella aggiunse:

"Lo so. Non credevo di poterlo fare! Vedi, adesso tutti e due conosciamo veramente il potere dell'Amore di Dio!"

The little bud now blooming, looked around and noticed that other buds near him started to bloom too with a similar color to his. Someone who saw what was happening said with contentment:

"Now it is complete, and it looks like the face of Jesus!"

The ladybug flew around the flowers planted to form the face of Jesus and said:

"His face is beautiful, and it is near a vineyard!"

Il bocciolo ora in fiore, si guardò intorno e notò che anche altri boccioli vicino a lui stavano fiorendo con un colore simile al suo. Qualcuno che vide tutto questo disse con appagamento:

"Adesso è completo e sembra il volto di Gesù!"

La coccinella volò tra i fiori piantati per formare il volto di Gesù e disse:

"Il Suo volto è bellissimo e sembra essere vicino a una vigna!"

The blooming bud replied:

"I know, I think I can feel it!"

The little bud thought about all of this, the help he received from the ladybug's tickle, and what she told him about God's loving presence in a friend. He thought that like the vine branches in a large vineyard, we are all connected, we are all part of Jesus' loving friendship. The bloomed bud realized that we can all bring Jesus to others, and at that point, his heart was truly filled with God's Love.

Il bocciolo in fiore rispose:

"Lo so. Penso di poterlo sentire!"

Il bocciolo pensò a tutto questo, all'aiuto che ha ricevuto dal solletico della coccinella e ciò che gli ha detto circa l'amorevole presenza di Dio in un amico. Pensò che come tralci di vite in un grande vigneto siamo tutti collegati e siamo tutti parte dell'amorosa amicizia di Gesù. Il bocciolo fiorito si rese conto che possiamo tutti portare Gesù ad altri e a quel punto il suo cuore si reimpì veramente dell'Amore di Dio.

About the author

Francesca Follone-Montgomery, (M.A. and M.S.W.), is an Italian American Secular Franciscan (ofs), born in Firenze and raised in Pisa and Firenze in Italy. She strives to seek God in all aspects of life as well as creation and loves to travel around the world. She moved to America with the desire to sing Jazz, yet she soon realized that God had different plans for her, including being a wife and a mother. Francesca started as an intern in a well-known American center for international studies and got her first job in the United States working for a nonprofit organization as secretary and then as office manager, interned at a military medical center while pursuing her second degree, and subsequently worked in a bookstore and gift shop. She is now a teacher of Italian at the university level as well as a teacher of English as a foreign language, and who knows what else is yet to come. The challenges of these life plans brought her the reward of a spiritual path much greater than her heart could dream. Her wish is to communicate God's love to others and encourage them to have faith and to joyfully hope in the plans God has for every one of His children.

Informazioni sull'autore

Francesca Follone-Montgomery, (laureata in lettere e in sociologia), è una secolare francescana (ofs) italo-americana, nata a Firenze e cresciuta a Pisa e Firenze in Italia. Lei si impegna a cercare Dio in ogni aspetto della vita così come del creato e ama viaggiare in giro per il mondo. Si è trasferita in America con il desiderio di cantare Jazz, ma presto si è resa conto che i progetti del Signore su di lei erano diversi includendo diventare moglie e madre. Francesca ha cominciato come tirocinante in un noto centro americano per studi internazionali e ha avuto il suo primo lavoro negli Stati Uniti come segretaria e poi come capo amministrativo in un'organizzazione non-for-profit, ha fatto tirocinio in un centro medico militare mentre studiava per la sua seconda laurea e di seguito ha lavorato in una libreria e negozio di articoli da regalo. Adesso è insegnante di italiano a livello universitario, insegnante di inglese come lingua straniera, e chissà cos'altro in futuro. Le sfide di questi progetti di vita le hanno portato la ricompensa di un percorso spirituale molto più grande di quanto il suo cuore potesse sognare. Il suo desiderio è di comunicare l'amore di Dio agli altri e di incoraggiare loro ad avere fede e a sperare gioiosamente nei progetti che Dio ha per ciascuno dei suoi figli.

Printed in the United States
by Baker & Taylor Publisher Services